I0551634

PIECE
NOUVELLE.

IMPRIME' CETTE ANNEE'

Avec Permission.

30084

L'ORIGINE DES OISEAUX,
OU
LES AMOURS DU SOLEIL ET DE VENUS.

*A Mademoiselle **** sur son Moineau.*

VOUS demandez des Vers sur ce Moineau charmant,
Qui fait de vôtre cœur le doux amusement,
Pour qui vous dissipez le fond d'une tendresse,
Où malgré vos rigueurs mon amour s'interesse,
C'est exiger, Philis, un étrange régal,
De vouloir que je rime en l'honneur d'un Rival.
Loin de loüer en lui ce qui fait vos delices,
Son attache pour vous, sa fierté, ses malices ;
Je devrois travailler à le faire haïr :
Mais quand vous commandez je ne sçai qu'obeïr

A ij

Je vai vous raconter quelle heureuse avanture,
A , des premiers oyseaux , enrichi la nature ,
Et pour justifier vôtre tendre penchant ,
En faveur du Moineau sans plumage ni chant ,
Faire venir du Ciel ses preuves de Noblesse,
Et sur tous les Oiseaux lui donner droit d'Aî-
    nesse.
Il en faudra tirer les Tîtres glorieux ,
Des Memoires secrets des intrigues des Dieux,
Et peindre des Baisers dont les Muses discretes
N'ont point fait jusqu'ici confidence aux Poëtes.
Ne vous étonnez-pas qu'un mystere oublié ,
Ait attendu nos jours pour être publié.
C'est ainsi que nôtre âge heureux en découver-
    tes
Des siecles négligens a réparé les pertes.

On sçait bien que Venus , faite pour tout char-
    mer,
S'est cruë également faite pour tout aimer.
Ses exploits amoureux font une grosse histoire :
Mais on nous a caché sa plus belle Victoire ;
Et l'on ignore encor quel captif trop heureux
A cette Conquérante offrit les premiers vœux.
Qui le premier en mit la tendresse en usage.
C'est le hardi dessein de ce petit Ouvrage.

Une fille de l'Onde encore fur les flots,
Effayoit fes attraits nouvellement éclos,
Et tiroit vers les bords de l'Ifle fortunée,
Qu'à fon fejour fur rerre, elle avoit deftinée.
La Nacre que Thétis lui donne pour berceau,
Lui fert en même temps de Trône & de vaif-
    feau.
L'Officieux Zephire y tient lieu de Pilote,
Il pouffe vers le port la coquille qui flote,
Et d'un foufle amoureux joüant de toutes parts
Il fait des voiles d'or de fes cheveux épars.

Le Soleil qui voit tout, par qui tout voit au
    monde,
Découvrit le premier ces Richeffes fur l'Onde,
D'abord furpris de voir fur la face de l'eau,
Un Eclat étranger devancer fon flambeau,
Tels qu'il voit quelquefois dans le fond d'un
    nuage,
Ses rayons orgueilleux revêtir fon image,
Et par un faux brillant impofant aux humains,
rendre entre deux Soleils leurs regards incer-
    tains.
Il crut que de fa flame en un point recueillie,
Il s'étoit fur les flots produit un parelie
Où que Thetis cherchant à fe paffer des Cieux
S'étoit fait un Soleil pour éclairer ces lieux.

Mais lors que de plus prés il vid cette Merveille,
La flame de ses yeux à la sienne pareille,
Qu'il vit de son visage, & le teint, & le tour,
Cet air qui ne respire & n'inspire qu'amour,
Cette double hauteur de sa gorge admirable,
Qu'à son double Parnasse, il trouve preferable,
Ses cheveux qui dans l'air par le vent suspendus,
Lui semblent des rayons autour d'elle épandus.
Tous ces charmes enfin d'une beauté parfaite,
Qu'aucun voile ne cache à sa vûë indiscrete,
Et que tout Dieu qu'il est, Peintre, Poëte,
    Amant,
Phébus qui les a vûs peindroit mal aisément.

Un nouveau feu se joint au feu qui l'environne.
C'est à vous, lui dit il, trop aimable personne
A donner la lumiere & regler les saisons,
Vos yeux portent plus loin que mes foibles
    rayons.
Vous pouriez au sejour du Maître du Tonnerre
Dispenser la clarté que je répans sur Terre.
Heureux pour qui le Ciel reserve tant d'appas;

Il quitteroit son Char pour aller sur ses pas,
Et lui qui doit par tout sa lumiere feconde,
Termineroit sa course en cet endroit du monde.

Mais le devoir plus fort l'emporte sur l'amour.
Et Ministre, aussi-bien que Souverain du Jour,
Il ne peut accourcir ni changer sa carriere.
Il part, son Char l'entraîne, il regarde en arriere,
Il soûpire, & connoît en ce moment fâcheux
Que le rang le plus haut n'est pas le plus heu-
    reux,
Et que de son emploi l'attachement extrème,
Le donnant au public, le dérobe à lui-même.

Venus à cet objet si propre à le charmer
Ne se laissa pas moins, ni moins vîte enflammer.
Tel que sur un amas de la fatale poudre,
Dont l'homme audacieux s'est sçû forger un
    foudre.
S'il tombe une étincelle, on voit en un moment
Par toute la matiere aller l'embrasement,
Et répandre à l'entour le fracas & la flame.
Tel & plus prompt le feu se glisse dans son ame.
Ses yeux, qui sur les siens aiment à s'attacher,
Y puisent des ardeurs qu'elle ne peut cacher.
Quoi que son cœur encore à sa premiere affaire,
Ignore ce qu'il sent, ce qu'il veut, ou doit faire,
Elle fait ce qu'il faut pour charmer son vain-
    queur.
Mêle au feu de ses yeux une douce langueur,
Faignant de se cacher, fait briller à sa vûë

Les attraits les plus vifs dont le Ciel l'ait pour-
        vûë,
Et lui fait concevoir par un air enflammé
Qu'autant qu'il aime, il peut esperer d'être aimé,
Les Graces qu'en naissant, elle eut pour ses
        suivantes,
Oisives jusqu'alors, deviennent agissantes:
Sement son ris, sa voix, son geste, d'agrémens:
Aux appas naturels joignent les ornemens:
Sous l'arc d'une coëfure en nouveautés féconde,
Recueillent avec soin sa tresse vagabonde:
Et lui font un habit si galant, si bien pris,
Que des beautés qu'il couvre il augmente le prix.

§

A peine de la nuit la lenteur odieuse,
Mit le Soleil au bout de sa course ennuyeuse;
Qu'il laisse à l'abandon ses chevaux harrassés.
Sa passion l'occupe à des soins plus pressés,
Le tourne tout entier vers l'aimable inconnuë,
Resolu de sçavoir ce qu'elle est devenuë.
Il court pour s'asseurer un bien si précieux,
Et jugeant le Palais destiné pour les Dieux
Seul digne de loger une hôtesse si belle,
Soit qu'elle soit Deesse, ou qu'elle soit mortelle:
Mais il la croit Deesse à ses divins appas,
Et d'abord vers le Ciel il adresse ses pas.

§

Il ne fut point trompé dans sa flateuse attente.
* Cypris y vint montrer sa beauté raviſſante.   *V
Jupiter à la Terre enviant ſon ſéjour,
D'un ſi rare ornement voulut parer ſa Cour,
De honte à ſon abord les Deeſſes rougirent :
Par un plusdoux motif lesDieux même fremirēt,
Leurs yeux accoûtumés à tout l'éclat des Cieux
Ne peuvent ſuporter les éclairs de ſes yeux,
Le Soleil eſt le ſeul dont la ferme paupiere
En puiſſe ſoûtenir la brillante lumiere :
A ce danger charmant, ſeul il s'oſe expoſer.
Et c'eſt auſſi le ſeul qu'elle veüille embraſer.
Ce fut là que leurs yeux de plus près ſe parlerent,
Qu'ils connurent leurs coups & les renouvellerēt
Que ſous la caution des ſermens les plus forts,
Ils livrerent leurs cœurs aux plus tēdres trāſports

Phébus certain de plaire, & plein de confiance,
Se diſpoſe à l'Hymen avec impatience,
Du ſouverain des Dieux demande l'agrément :
Mais, ô fatal revers pour un fidele Amant:
Un ordre irrévocable à ſes deſſeins s'opoſe:
De cet obſtacle, hélas ! Jupiter n'eſt point cauſé.
Dans cet Arreſt, par lui, contre un fils prononcé,
Il n'eſt que du Deſtin l'Interprete forcé.
C'eſt le bizarre ſort dont les Loix trop cruelles
Commencent par Venus à maltraiter les Belles,
Aux plus rares Beautés impoſant ſans pitié
L'inſuportable joug d'une indigne moitié.
Junon toûjours jalouſe, avec le ſort ſe ligue,

B

Les Dieux exclus du choix se joignent à sa ligue,
Et le Rival, de tous, que Phébus craint le moins,
Est celui dont le sort fait couronner les soins.
C'est par Vulcain, des Dieux la honte & la risée,
Que, l'ornement du Ciel, Venus est épousée.

Hé bien, Amans mortels, qui voyés quelquefois
A d'indignes Rivaux, transporter tous vos droits,
Beautés, qu'un vœu forcé captive dans les Temples
Vousplaindrés-vous encore aprés cesgrāds exēples
Prendrés-vous à partie, & l'Amour & les Dieux,
Quand même sort insulte aux habitans des Cieux.
Ces deux Divinités, ces deux Beautés parfaites,
Qui s'aimoiēt, qui sēbloient l'une pour l'autre faites
Venus a le dégoût d'un nœud mal assorti,
Et le plus beau des Dieux n'a pû trouver parti.

Que leur auroit servi leur vaine resistance ?
Jupiter, qui des Cieux est la Toute-puissance,
Qui du Destin lui-même a formé les Decrets,
Se soûmet sans reserve à ses propres Arrests.
Ils s'y soûmettent donc, & par un Hymenée,
N'osant choquer de front la fière Destinée,
Ils cherchent à donner en habiles Amans,
A ce triste devoir des adoucissemens.
Si le sort sur l'Hymen étend sa violence,
L'Amour maintient lesdroits de son indépendance,
Ils sçavent que le cœur est exempt d'obéïr,
Et se consulte seul, pour aimer ou haïr.
Au défaut des plaisirs, que le sort leur retranche

En tranſports délicats leur tendreſſe s'épanche.
Leur feu d'autant plus vif, qu'il le faut étoufer,
Par mille ardens Baiſers ſe plaît à triompher.
Ils le jugent permis, quoique diſe au contraire.
Le jaloux Forgeron que ce jeu deſeſpere,
Qui les tient plus heureux en des plaiſirs bornés,
Qu'en dépit du devoir l'amour a façonnés,
Qu'il ne ſe croit lui-même en des biens ſans me-
    ſure,
Que le Devoir arrache, & dont le cœur mur-
    mure.

            §

Mais d'un tendre commerce effet miraculeux!
Par autant de Baiſers, dont ce couple amoureux
Tâche de ſoulager ſes flames deſolées,
Autant par l'union de leurs bouches collées
Il ſe forme d'Oiſeaux, qui perçant dans les airs,
Font retentir les Cieux de differens concerts,
Et ſemblent en naiſſant, pleins de reconnoiſ-
    ſance
Celebrer les Baiſers qui leur donnent naiſſance.

            §

Le cœur de ces Amans, gros de mille deſirs,
Met la fecondité juſques dans leurs ſoûpirs,
Cette vapeur de feu ſe bâtit des organes,
Les revêt tout autour de ſubtiles membranes,

Se condenſe en matiere, & ſe faiſant un corps ;
D'une legere plume en garnit le dehors ;
D'où prenant ſon eſſor par un canal flexible
A ces ſons, dont pour nous l'étude eſt ſi penible,
Elle produit un chant ſans regles meſuré,
Et par les plus beaux tons, ſans Maître, figuré.

Même afin que l'Eſpece en ſoit perpetuelle,
Un ſeul Baiſer produit le mâle & la femelle ;
Et pour comble de biens, ces fortunés Oiſeaux
Viennent appareillez, auſſi bien que Jumeaux.
La ſœur trouve en naiſſant un Epoux dans ſon
      frere :
Il voltige autour d'elle, elle cherche à lui plaire.
L'Amour, dont l'un & l'autre ignore les leçons,
Prélude cependant par de tendres chanſons,
Et dans ces doux accords, la ſeule Sympatie
Aprend à chacun d'eux à tenir ſa partie.

Que ſçait-on ſi parmi tant d'Oiſeaux differens,
Cet enfant redoutable à ſes propres parens,
Si l'Amour, cet Oiſeau qui ne vit que de proye,
Et qui de cœurs humains ſe repaît avec joye,
De ces Baiſers féconds ne ſeroit point venu ?
Certes ſon origine eſt un fait inconnu,
L'Antiquité d'accord ſur le nom de la mere,

A cet enfant trouvé ne donne point de pere,
Et j'ose me flater que ce divin Oiseau
Auroit peine à trouver un plus digne Berceau
Que si l'Amour jaloux de cacher son essence,
Veut que l'on ne connoisse en lui que sa naif-
    sance,
Laissons-le s'applaudir du soin mysterieux
De couvrir sa naissance aussi bien que ses yeux,
Qu'il soit ou d'une autre aire, ou d'une autre
    nature,
L'aînesse des Moineaux n'en sera que plus sûre:
Puisqu'ils sont les prémiers, si ce Dieu n'en est
    pas,
Qui trouverent la vie en ce jeu plein d'appas.

Aussi loin de chanter, cette amoureuse paire
Imita sur le champ, ce qu'elle voyoit faire,
Et de leurs tendres cœurs le premier battement
Fut un signe d'amour, & non de sentiment,
Ce ne sont que Baisers, que caresses pressantes,
Par le tremoussement de leurs aîles tremblan-
    tes,
Par mille petits cris, à leurs transports mêlés,
Ils expriment l'ardeur dont leurs cœurs sont
    brûlés.
Quand des autres Oiseaux la bande trop sauvage
S'enfuit de toutes parts, comme sortans de cage,

Et craint jusques aux Dieux, dont elle tient le
    jour.
Le couple familier à leurs pieds fait l'amour.
Tranquille & sans effroi, proche d'eux il s'arrête
Et s'invite lui même aux plaisirs de la fête.
Sur tout de la Deesse ils connoissent la voix,
Voltigent sur son sein, badinent sur ses doits,
Osent porter leur bec jusqu'à sa belle bouche,
Et faire les mutins lorsque Phébus y touche.
Comme on voit quelquefois vôtre Moineau ja-
    loux
Pratiquer contre ceux qui s'aprochent de vous.
Cet air fier & badin qui charme pere & mere
En leur posterité devient hereditaire.
Et l'Amour en faveur des Dieux dont ils sont nés
Leur fait sur la tendresse un partage d'aînés.
Tendres, & premiers fruits d'une ardeur sans
    mesure,
Ils semblent composés de flame toute pure,
Et n'ont qu'autant de corps qu'il en faut pour
    mourir.
Le feu qui les anime, & qui les fait mourir.

Il est vrai qu'ils n'ont pas la beauté du ramage.
Comme entre les Oiseaux l'agrément se partage
Ainsi que parmi nous, il se trouve qu'entr'eux
Les plus passionnés ne chantent pas le mieux.

Peut-être n'eft-ce pas un méchant caractere,
D'être fort carreffant & de n'en dire guere.
Les Pigeons, qui comme eux, font de fi grands
     baifeurs,
Ne font pas, non plus qu'eux, d'agreables cau-
     feurs.
Leur mere cependant qui s'attache au folide,
En faveur des Moineaux & des Pigeons décide,
Et laiffant fans emploi ces Oifeaux précieux,
Que la plume & le chant rendent fi glorieux,
A ces Amans fans bruit, fa prudence partage
Le foin de compofer fon galant attelage :
Ils font encor les feuls, que deffus fes Autels
Elle veüille en Victime, accepter des Mortels.

Mais ces tendres Moineaux, l'Efpece favorite,
D'un fervice plus grand a feule le merite.
Par leur attachement à lui faire leur cour,
Ils font les confidens de fes deffeins d'amour,
Lorfque d'un nouveau feu la Deeffe preffée,
A quelque heureux Mortel veut ouvrir fa pen-
     sée ;
Au lieu d'en confier le fecret aux Zephirs,
Elle donne aux Moineaux à porter fes foûpirs.
Ils viennent fur les bords de fa bouche amou-
     reufe
Prendre en leur petit bec la vapeur précieufe.

Puis découpant les airs, ils la vont exhaler
Vers l'objet que Venus en daigne regaler.

Qu'on trouve si l'on veut, de l'Aigle redoutable,
Auprés de Jupiter, le rang plus honorable.
Peut-être le Moineau, dans un plus doux emploi,
N'aura-t-il rien qu'il doive envier à son Roy ?
Si ce Ministre affreux des horreurs du Tonnerre,
Porte en son bec dequoi faire trembler la Terre,
Le Moineau, gardien d'un feu délicieux,
Porte dequoi charmer les Hommes & les Dieux.

Voilà d'où les Moineaux ont tiré leur naiflance.
Belle, qui n'êtes pas de facile croïance,
Et qui sur cette Histoire allez subtilifer,
Que vous connoiffez peu la force d'un Baifer!
Jufqu'où de deux Amans, l'haleine confonduë
Eleve en ses transports la nature épanduë,
Lors qu'amoureufement leurs bouches se pref-
        fant,
Leur ame sur le bord des lévres s'avançant :
Tâche à fortir du corps qui la tient enfermée,
Pour paffer dans celui de la personne aimée.
Vain effort de vouloir vous peindre les appas,
D'un myftere de cœur que vous n'entendez pas.
L'Amour, qui seul en peut faire goûter l'amorce,
                              Vous

Vous en peut faire auſſi ſeul concevoir la force :
Mais quand des Immortels le pouvoir reveré
Ne rendroit pas croyable un fait moins averé,
Vous devez bien vous rendre à la foy d'un mi-
    racle,
Dont l'Amour renouvelle à vos yeux le ſpecta-
    cle.

∽

Remarquez au Printemps les Oiſeaux amou-
    reux,
Par de tendres Baiſers ils declarent leurs feux.
L'homme n'entend pas ſeul ce delicat manége.
L'Eſpece volatille a même privilege :
D'où vient qu'à ce commerce ils trouvent des
    appas
Que d'autres animaux n'y reconnoiſſent pas?
C'eſt qu'à s'apparier leur inſtinct les convie,
Par les mêmes plaiſirs dont ils tiennent la vie.
De la viennent ces œufs, qui ſous de frêles murs
Cachent les elemens des Oiſillons futurs.
Steriles elemens, inutile aſſemblage,
Si la mere en couvant n'achevoit ſon ouvrage.
Son feu vivifiant par degrés répandu,
Sur ce petit cahos, où tout eſt confondu,
Débroüille la matiere, arrange les parties,
Et fait un compoſé de pieces aſſorties ;
Forme un petit Oiſeau, qui s'aidant à ſon tour,

C

Brise, enfin, la prison qui le dérobe au jour,
Et fait voir en naissant d'une chaleur féconde
Qu'une simple vapeur a pû les mettre au monde.
Mais peut on en douter ? quand le Nil indiscret,
A la nature même a volé ce secret.
Oui, l'Egypte en hazarde une épreuve publique,
Et renfermant des œufs en ses fourneaux de
    brique,
Il sçait, à la faveur d'un feu bien gouverné,
Faire éclore sans mere, un Poulet étonné.

Comme un enfant, doux fruit d'une amour mu-
    tuelle,
Souvent de ses parens est l'image fidelle,
En partage les traits, & le pere joyeux
Y reconnoit sa bouche, & sa mere ses yeux.
Ainsi dans les Oiseaux, la Nature soigneuse
De conserver l'honneur de leur naissance heu-
    reuse,
A sçû perpetuer, mille traits répandus,
Des deux Divinitez dont ils sont décendus.

Ils tiennent de Phébus, Auteur de la Musique,
Tous les Chants naturels qu'ils mettent en pra-
    tique.
Ils tirent de Phébus, principe des couleurs,

Dequoi le difputer aux plus brillantes fleurs ;
Il foûtient, il conduit leurs aîles élevées
Dans ces routes de l'air, pour eux feuls refer-
    vées
La naiffance du jour leur réjouit le cœur :
Le depart du Soleil les met dans la langueur.
Tout leur manque la nuit, l'ufage des prunelles,
Le chant, le mouvement & la force des aîles,
Je croirois volontiers, voïant tant de raports
Les unir au Soleil, par de fecrets refforts,
Qu'ils vivent feulement d'une vie empruntée,
Par fes rayons produits, avec eux remportée,
Et dependent de lui, tel qu'on voit un ruiffeau
Dépendre de fa fource, & lui devoir fon eau.

Du côté de Venus, cette heureufe famille
A l'honneur de fortir auffi d'une coquille,
Et cet artifte nid qui leur fert de Berceau
De celui de leur mere eft encore un Tableau.
Ils ont de cette tendre & fenfible Deeffe,
Cette amoureufe ardeur qui les brûle fans ceffe.
L'amour n'eft point chez eux un commerce au
    hazard,
Une aveugle fureur, où le corps feul a part,
Un tranfport qui s'épuife au moment qu'il com-
    mence,
Qu'aucun égard ne fuit, qu'aucun foin ne de-
    vance.

Tel enfin qu'il se trouve aux autres animaux
Qu'entraînent sur le champ leurs mouvemens
　　brutaux.
C'est une passion preparée & suivie,
Qui dure tout l'Eté, souvent toute la vie.
C'est le plan regulier d'une societé
Qui met soins & plaisirs dans la communa uté.
Leur Hymen en effet tient de nos Mariages.
On les voit s'attacher à leurs petits ménages,
Et des materiaux d'un nid industrieux
Faire conjointement l'amas laborieux.
L'Amour est en un mot leur grande & seule af-
　　faire;
Oisifs en tout le reste aussi-bien que leur Mere;
Sans soin de l'avenir, chantans, brûlans, joüans,
C'est lui seul qui les rend actifs & prévoyans.

〜

Mais c'est sur les Moineaux, entre tous, que do-
　　mine
L'amoureux Ascendant de leur tendre origine:
Et pour justifier leur Aînesse au besoin
La Deesse a voulu les marquer à son Coin.
Une amoureuse ardeur sans cesse les devore;
Et le même Printemps qui les a fait éclore
Voit le frere & la sœur, Amans dés le berceau,
Au sortir de leur nid, s'en dresser un nouveau.
Qu'on ne m'opose point que ce fond de tendresse

Eſt un tître d'Aîné bien fatal à l'Eſpéce,
Que ce feu qui les rend ſi vifs en leurs amours,
En hâtant leurs plaiſirs, abrége auſſi leurs jours.
Ah ! qu'un pareil reproche a déquoi faire envie.
L'Amour dans les Moineaux dure autant que la
    vie.
Ne vivroient-ils qu'un an, c'eſt vivre plus long-
    temps
Que ces triſtes Corbeaux qui vivent des cent
    ans.

Même, ſi l'on en croit cette noire ſcience *   * I
Qui juſque ſur l'Amour veut porter ſa puiſſance. Mag
Leur cœur avec leur ſang, préparez ſelon l'Art,
Dans le philtre amoureux ont la meilleure part:
Elle en prétend tirer un élexir de flame,
Capable d'aſſervir le choix libre des ames.
Mais non, ne croyez pas, malgré les contes
    bleux,
Dont on berçoit jadis nos credules ayeux,
Que nôtre liberté, par les Dieux reſpectée,
Puiſſe être par des ſons, ou des ſucs inſultée.
Si pour charmer les cœurs il eſt quelque ſecret,
Il eſt tout naturel & l'Amour ſeul le ſçait :
A ceux qu'il favoriſe, il en fait confidence.
Vous l'avez, & je vois par mon experience,
Qu'en cet Art vainement par Medée exercé,
Vos yeux en ſçavent plus qu'Armide ni Circé.

Voyez, belle Philis, où l'ardeur de vous plaire,
A conduit en joüant ma Muse temeraire :
Semblable à ces Auteurs par l'argent éclairés,
Qui sur des monumens de tout autre ignorés,
Tirant de la poussiere une Noblesse mince,
Lui procurent pour tige un échapé de Prince.
Pour vous j'ai feuilleté les Archives des Cieux,
Deterré des Amours, même oubliés des Dieux,
Et menant la Nature au secours de la Fable,
Fait, au defaut du vrai, servir le vrai semblable.

Heureux si je pouvois par ce chemin nouveau
Faire aux siecles futurs aller vôtre Moineau.
Le rendre aussi fameux que cet Oiseau célebre
Dont Catulle autrefois fit l'Eloge funebre :
Qu'il rendit immortel en déplorant sa mort.
Je n'ose lui promette un si glorieux sort,
Le Moineau de Lesbie eut moins de gentillesse,
Sans doute son Amant me cedoit en tendresse :
Mais Catulle touchoit une Lyre à charmer.
Et je chante aussi mal, que je sçai bien aimer.
Bien loin de me flâter qu'à ce petit ouvrage
L'indifferent Lecteur accorde son suffrage,
Je doute même encor, si je vous aurai plû,
Vous, pour qui je travaille, & qui l'avez voulu.

Si d'un tendre Baiſer la peinture trop vive
Allarmoit cependant vôtre pudeur craintive,
Avant que d'effacer ces traits dans mon tableau,
Voyez ſur quels Amans j'exerce mon pinceau.
Songez, que c'eſt Venus, à ſa premiere intrigue,
Venus de ſes faveurs envers vous ſi prodigue :
Que j'ai fait violence à ſon temperament,
Pour la rendre ſi ſage avec un tel Amant.
Quand donc m'accommodant à vôtre humeur
        ſevere,
A de ſimples Baiſers je termine l'affaire :
Permettez-moi du moins de les imaginer,
 Tels que je les demande, & que j'en ſçai don-
        ner !
Peut-être avec le temps, par l'Amour aguerrie,
Ferez-vous plus de grace à la Galanterie ?
Déja vôtre Moineau vous fait aprivoiſer,
Avec un tel tranſport je vous le vois baiſer,
Que c'eſt par vos Baiſers, que ma Muſe guidée,
S'eſt fait ſur les Oiſeaux cette amoureuſe idée.

♦

Mais pour rectifier par un trait ſerieux
Ce que ma Fable auroit de trop licencieux.
Je vai la couronner d'une morale auſtere,
Et vous inſtruire au moins, ſi je n'ai ſçû vous
        plaire.
C'eſt l'effet de l'Amour, de changer les Amans

En l'objet trop cheri de leurs empreſſemens;
Jadis par un Pigeon, une belle charmée,
Se vit en un Pigeon par les Dieux transformée.
Vous qui pour un Moineau qui ne ſçauroit ja-
    mais
Répondre à vos bontez, ni ſentir vos attraits,
Avez de tendres ſoins, qu'un Amant ſeul merite,
Apprehendez qu'enfin l'Amour ne s'en irrite,
Et que faiſant ſur vous un exemple nouveau,
Il ne le change en Homme, ou vous change en
    Moineau.
Quelque tour qu'il donnât à la Metamorphoſe,
Vous perdriez, Philis, ſans doute quelque choſe.
Vous, devenant Oiſeau, que d'appas ſuperflus!
Et lui, devenant Homme, il ne vous plairoit plus.

F I N.

PERMISSION.

Ermis d'imprimer, ce 18 May 1703.
LE PESANT DE PINTERVILLE.

A ROUEN,

Chez NICOLAS LE TOURNEUR, au coin de
la ruë de la Croix de Fer.